Der Schulausflug

-Ein Lese-

Labyrinth-

Von Andre John-Goergens

Der Schulausflug -Ein Lese-Labyrinth-

Von Andre John-Goergens

Eine Geschichte für Groß und Klein zum mit machen. Denn diese Geschichte ist was ganz Besonderes. Du entscheidest welchen weg du gehst und mit jeder richtigen und falschen Entscheidung ändert sich auch deine Geschichte. Dein Ziel ist es lebend das ende zu erreichen und wenn nicht ist es kein Beinbruch! Fang einfach wieder von vorne an.

Dann sage ich mal Viel Glück

Wie funktioniert es:

Ihr begebt euch in diese Geschichte. Ihr folgt nicht Seite nach Seite, sondern ihr bekommt Anweisungen wo es weiter geht. Beispiel:

Ihr lauft einen Stand entlang und seht auf dem Boden eine Muschel. möchtest du diese aufheben oder weiterlaufen? Aufheben? weiter geht es bei **17,** weiterlaufen bei **25.** Die Zahl die du auswählst ist die Kapitelnummer am oberen Rand der Seite.

Ihr springt darauf hin zu dem angegebenen Punkt der Geschichte, an diesem Punkt geht es wieder.

Solltet ihr sterben beginnt einfach von vorne.

Das Ziel ist es die Geschichte abzuschließen.

Schreibt am besten mit was du unterwegs findest.

Beginn

Als Schüler in der Achten-Klasse hat man es nicht leicht. Wir haben grade zwei Stunden Chemie hinter uns und mir qualmt der Kopf. Aber heute steht endlich der Tag an, an dem wir mit der Klasse endlich mal einen Schulausflug machen. Mir Graust es schon jetzt davor, aber wir kommen jetzt endlich mal aus der Schule raus.

Als die Unterrichts Glocke ertöt versammeln wir uns vor der schule und steigen in den Bus. Kaum sitzen wir auf unseren Plätzen, setzt sich der Bus auch schon in Bewegung. Unsere Lehrerin steht auf und fängt an zu uns zu sprechen.

„Sind auch alle da? Heute geht es nach Neandertal in die kleinen Wälder! Wir werden da nach allem möglichem suchen, wie Pfeilspitzen und ähnlichem."

Die Fahrt dauert etwa eine Stunde und als wir ankommen springen alle gleich aus dem Bus. „So Leute wir treffen uns in 2 stunden wieder hier am Bus also los! Los! Los!

(weiter bei **1**)

1

Ich gehe alleine in den Wald hinein. Wo sind wohl meine Mitschüler? Es ist keiner mehr zusehen, aber wie findet man hier nun Hinterlassenschaften der Neandertaler? Ich schaue auf dem Boden und auch in ein paar Büsche aber nichts zusehen. Naja so auffällig wird hier auch nichts mehr liegen, daher gehe ich weiter in den Wald hinein. Der Wald wird immer dichter und dunkler, dann sehe ich ein Licht. Langsam gehe ich auf dieses Licht zu und sehe ein den Eingang zu einer Höhle. Genau da! Wenn ich was Interessantes finde, dann dort. Langsam gehe ich in die Höhle hinein und merke wie der Boden nachgibt. Ich stürze mit lautem Grollen in die Tiefe. Als der Staub sich legt, merke ich, dass ich in absoluter Dunkelheit dastehe. Auf dem Boden ertaste ich einen Stock an dem Stoff befestigt ist. Eine Fackel?

Soll ich versuchen sie mit zwei Steinen zu entzünden?
(dann weiter bei **22**)

soll ich sie besser einstecken und an der linken wand mich entlang tasten?
(dann weiter bei **2**)

Soll ich an der rechten Seite entlang tasten?
(dann weiter bei **3**)

Oder Soll ich an der hinteren wand suchen?
(dann weiter bei **4**)

2

Ich bin mir nicht sicher, ob ich mit der Fackel
was anfangen kann, daher stecke sie aber ein
und taste mich an der linken Wand entlang, bis
ich einen Tunnel finde. Ich schaue in ihm hinein
und sehe ein Licht an seinem Ende. Langsam
gehe ich hinein und schreite auf das Licht zu. Mit
jedem Schritt komme ich dem Ausgang näher. Es
ist so hell, dass ich nichts erkennen kann.
Trotzdem laufe ich weiter auf das Licht zu. Am
Ende des Wegs angekommen, kann ich nun in
die nächste höhle blicken! Ein Paar brennende
Fackeln erleuchten den Raum. Ich entzünde
meine Fackel an einer an der wand und schaue
mich um. Ein Rätzel an der Wand erweckt meine
Aufmerksamkeit.

Die Frage ist der Weg! Denn der Weg ist das Ziel, aber der Weg ist 3 und das Ziel ist 4. Nur die Frage ist 5!

Wer hat diesen Quatsch nur verfasst! Weiter schaue ich mich um und sehe zwei Türen, auf der Linken steht: 5 und auf der Rechten steht: 8. So langsam werde ich das Gefühl nicht los, dass ich mir denken kann das dieses Rätzel den weiteren weg zeigt.

(Die Lösung, wenn du auf Tür Links kommst springe nach **5**)

(Die Lösung, wenn du auf die Rechte Tür Kommst springe nach **8**)

3

Ich bin mir nicht sicher, ob ich mit der Fackel was anfangen kann, daher stecke sie aber ein und taste mich an der linken Wand entlang, bis ich einen Tunnel finde. Ich schaue in ihm hinein und sehe ein Licht an seinem Ende. Langsam gehe ich hinein und schreite auf das Licht zu. Ich fange an etwas zulaufen und komme in einen großen Raum. Vor dir ist ein Hebel im Boden den man nach links oder rechts drehen kann. Direkt dahinter befinden sich 2 Türen, eine die Rechte ist Blau und die Linke ist Gelb, wobei die Gelbe Tür ein Loch hat. Über beiden Türen steht geschrieben:

Blau ist der Weg, aber Links ist rechts und rechts ist links. Was willst du tun?

Denn Hebel nach rechts bewegen? (weiter auf **35**)

Denn Hebel nach Links bewegen? (weiter auf **6**)

In das Loch in der Tür fassen und versuchen die Tür zu öffnen? (weiter auf **29**)

4

Langsam stecke ich dir die Fackel in meinen Gürtel. Vielleicht brauche ich diese ja nochmal und wende mich an die Rückwand. Ich sehe ein direkt einen Durchgang. Vielleicht finde ich ja da einen weg nach draußen. Ich laufe in ihn herein und ein Großer Knall ertönt. Ein donnern hinter mir, kündigt an, dass der Tunnel einstürzt. Sofort nehme sofort einen modrigen Geruch war. Der leichte Lichtschein zeigt nur schemenhaft die umrisse von etwas. Es ist ein Pilz ein riesiger Pilz? Er Steht genau in einem Raum der wohl eine Weggabelung ist. in alle 4 Richtungen zeigt ein Tunnel. Der Hinter Mir ist eingestürzt. So bleiben noch 3 Wege, der Pilz reizt mich sehr. Was soll ich tun? Ich könnte…

…denn Pilz berühren? (weiter auf **7**)

…denn Pilz mit der Fackel bewerfen (weiter auf **9**)

…denn pilz Ignorieren und ihn umlaufen (weiter auf **10**)

5

Du entscheidest dich für die Linke Tür. Kaum bist du durch sie hindurch geschritten, fällt sie auch schon in ihr Schloss und bleibt versperrt. Der weg der durch deine Fackel erhellt ist, ist gut gemauert und du läufst weiter. An ihrem Ende ist eine weitere Tür, die du öffnest und hindurch gehst.

(weiter bei **11**)

6

Du bewegst den Hebel nach rechts, und die linke
Tür, auf der Blau steht geht auf. Und gibt dir
einen Kurzen gang frei. Du merkst gleich das die
Hebel blockieren und du nur noch diesen einen
Weg hast. Langsam gehst du da entlang und
siehst eine Gabelung mit 2 Wegen. Welchen
willst du nehmen Rechts oder Links?

Recht? (weiter auf **12**)

Links? (weiter auf **15**)

7

Du willst diesen Pilz unbedingt berühren und fasst ihn an. Augenblicklich scheint der Pilz zu Explodieren. Eine riesige Wolke aus Staub löst sich von ihm. Du erinnerst dich gleich an denn Biologie Unterricht und das viele Pilzsporen giftig sind. Bis du den Gedanken zu Ende gedacht hast, ist nur noch ein Weg offen und du rennst in ihn hinein.

(Weiter auf **13**)

8

Du entscheidest dich für die Rechte Tür, und gehst hindurch. Du hörst beim Schließen das Klacken vom Schloss und du weißt sofort das du nicht mehr zurückkannst. Das Licht in Hinter der Tür ist kaum vorhanden und auch die Fackel Schaft es kaum etwas Licht zuwerfen. Du gehst den Gang entlang und kommst an einen Spalt. Du kannst nicht sehen wie breit er ist und zurück kannst du nicht mehr. Du wirfst einen Stein hinunter und hörst ihn platschen. Was möchtest du tun?

Herunter ins Wasser springen? (weiter auf **14**)

Versuchen an die andere Seite zuspringen? (weiter auf **17**)

9

Du wirfst mit der Fackel nach dem Pilz und ein grollen geht durch ihn hindurch. Kurz daraufhin, scheint er zu explodieren. Eine riesige Wolke aus Staub löst sich von ihm. Du erinnerst dich gleich an denn Biologie Unterricht und das viele Pilzsporen giftig sind. Bis du den Gedanken zu Ende gedacht hast, ist nur noch ein weg offen und du rennst in ihn hinein. Der Weg dort wo du hinein gesprungen bist wirkt freundlicher als du dachtest, wie der Gang einer Burg.

(Weiter bei **16**)

10

Der Pilz macht dir irgendwie Angst, und du merkst schnell das irgendwas nicht stimmt. Aber der Weg grade aus, scheint dir der sicherste zu sein. Vorsichtig gehst du um diesen Pilz herum. Und läufst ohne dich nochmal umzusehen in den Nächsten gang hinein, durch den du nun langsam und vorsichtig durchgehst.

(weiter mit **18**)

11

Du gehst durch die Tür und findest dich in einer
großen Kammer wieder. Auf einem Podest
findest du ein Schwert. Und dahinter eine
weitere Tür. So langsam fragst du dich, was das
für eine merkwürdige höhle ist. Du läufst etwas
auf und ab und schaust dir das Podest genau an.
Es ist aus Holz und das Schwert selber liegt auf
einem Schweren Stein. Die Tür selber ist aus
schweren Schwarzen Ebenholz gefertigt. Sollst
du das Schwert nehmen? Oder lieber den weg
ohne fortsetzen?

Du greifst nach dem schwert (weiter auf **38**)

Du gehst ohne schwert weiter (weiter auf **19**)

12

Du hast dich für denn rechten weg entschieden, und befindest dich wieder in einen weiteren Gang dieser Höhlengang ist einfach nur lang. Auf dem Boden findest du ein Paar Pfeilspitzen, und drehst sie zwischen den Fingern hin und her. Lässt sie dann aber liegen. Und folgst dem weg einfach weiter. Irgendwann irgendwo muss doch der Ausgang sein. Am Ende des kleinen Korridors findest du eine Tür durch die du einfach hindurch gehst.

(weiter bei **20**)

13

Du rennst weiter in die Dunkelheit und merkst plötzlich das der Weg in eine Rutschbahn endet du kannst dich nicht mehr halten und Rutschst. Du merkst das du immer schneller wirst und plötzlich der Boden unter dir verschwindet.

(Weiter mit **58**)

14

Du erinnerst dich daran, das Wasser in einer Höhle einen weg nach draußen sucht und du springst hinunter ins tiefe Wasser. Du schwimmst in der Dunkelheit umher und tastest dich an der Wand entlang. Findest aber keinen Ausgang und keinen Halt. Irgendwann gehen dir dann die Kräfte aus.

(Weiter bei **58**)

15

Du gehst durch die Linke Tür die sich auch Gleich hinter dir schließt. Du merkst das du in einem Raum bist Ohne Türen und Fenster. Nach etwa einer Stunde um Hilfe rufen legst du dich schlafen und hast die Schlange nicht gemerkt die mit dir zusammen im Raum eingeschlossen ist.

(Weiter bei **58**)

16

Uff das war ganzschön knapp. Du wärst sicher gestorben, wenn dich die Sporen erwischt hätten. Allerdings bist du immer noch nicht aus der höhle entkommen. Jetzt allerdings siehst du dich einem Rätzel entgegen. Vor dir ist ein dunkler Gang, und auf einem Holzschild steht geschrieben. Nur der „graduell" kommst du lebend durch den Tunnel. Was bedeutet nochmal graduell? War das Langsam oder Schnell? Dir bleibt nichts über als dich zu entscheiden.

Läufst du schnell in den Tunnel? (weiter auf **13**)

Langsam und bedächtig gehst du in den Tunnel? (weiter bei **18**)

17

Du wagst den Sprung ins Dunkel und bekommst grade noch mit den Fingerspitzen die andere Seite zu fassen. Der Stein ist aber so glatt das du abrutschst und in die tiefe fällst. Mit einem Lauten Klatsch landest du im Wasser. Du schwimmst in der Dunkelheit umher und tastest dich an der Wand entlang. Findest aber keinen Ausgang und keinen Halt. Irgendwann gehen dir dann die Kräfte aus.

(Weiter bei **58**)

18

Du Denkst nach und glaubst Graduell bedeutet ruhig und langsam. Daher gehst du vorsichtig hinein. Langsam tapst du durch die Sicherheit und kommst an eine Rutschbahn. Was ein glück das du nicht gerannt bist du wärst mit voller Geschwindigkeit die Rutschbahn runtergefallen und siehst nun einen kleinen Rand über den man auf die andere Seite gelangen kann. Was du nun auch machst. Am anderen ende siehst du eine weitere Tür, durch die du nun durch gehst.

(Weiter auf **21**)

19

Du lässt das Schwert links liegen und gehst durch die Tür und landest in einer Küche. Wo bist du nur rein geraten eine Höhle mit einer Küche? Wo gibt es den sowas. Du schaust dich um und hörst plötzlich ein Geräusch. Nein! Eine Stimme! Vielleicht ist es Ja der weg hier raus? Aber warum hat jemand in einer Höhle eine Küche kann man ihm trauen? Schnell schaust du dich um. Du siehst einen Riesenherd, eine Kühlkammer und die Tür von der die Stimme kommt. Jetzt ist die Frage was machst du?

Du versteckst dich im Herd (weiter bei **57**)

Du versteckst dich in der Kühlkammer (weiter bei **26**)

Du Sprichst ihn an (weiter bei **23**)

20

Du Findest dich Hinter der Tür in einem Keller wieder. Jede Menge Einmachgläser in selbstgezimmerten Regalen. Am Rand des Raums, steht eine Treppe die nach oben führt, wo sie an einer Tür endet und an der gegenüberliegenden Wand befindet sich eine Tür. Du schleichst an beide ran erst an die Tür die an der Wand sitzt. Dort ist nichts zu sehen oder zu hören. Ebenso auf der Treppe, aber durch eine musst du durch welche wählst du?

Die Treppe mit der Tür oben? (weiter bei **24**)

Die Tür an der Wand? (weiter bei **27**)

21

Das langsame schleichen hat dir Glück gebracht und dich in diesen Raum geführt. Der Raum selber ist eine riesige Halle oder ehr eine Riesige Höhle. Mit einem See in der Mitte. Es gibt um den See herum nur 2 Wege, am Ufer liegt ein kleines Ruderboot es sieht stabil aus, wenn du den See überquerst findest du einen wieder durchfackeln erleuchteten weg an einem kleinen Anleger auf der anderen Seite oder um den See herum führt ein weg, der auf eine Tür zuführt. Die am ende des Wegs auf dich wartet. Du musst entscheiden welcher der Wege dich zum Ausgang führt.

Mit dem Bot? (weiter bei **28**)

Über den weg (weiter bei **25**)

22

Du haust 2 Steine an einander und versuchst die Fackel zu entzünden. Die steine bilden Funken. Zu spät bemerkst du den Gasgeruch der dich umgibt.

(Weiter bei **58**)

23

Du wartest bis der Mann den Raum betritt und willst ihn sofort ansprechen. Er schaut dich stinksauer an und spricht los. „Was machst du hier?" ohne eine Antwort abzuwarten Packt er dich und wirft dich aus der Küche. Du kommst aus der Küche und stehst jetzt in einem Gang. mit zwei Türen. Eine linke auf der Steht: Metzgerei und eine Rechte auf der nichts geschrieben steht. Wo mag sie wohl hinführen? Aber es ändert nichts daran, dass eine der Türen jetzt weiterführt.

Welche wählst du?

In die Metzgerei? (weiter mit **30**)

Durch die unbeschriftete Tür? (weiter mit **33**)

24

Dieser Weg führt dich direkt in einen Lagerraum. Einmachgläser auch hier überall diesmal schaust du dir sie genauer an. Augen, Finger und Füße. Sind diese von einem Menschen oder von Tieren? Der Bewohner dieser Höhle ist wohl sehr gefährlich, also soll ich mich in Acht nehmen. Du schlenderst durch den Gang und schaust dich weiter um und kommst am Ende wieder an einen Weg, mit 2 Türen. Warum sind es immer Zwei?

Die Linke? (Diesen? Dann weiter bei **31**)

Die Rechte? (diesen? Dann weiter bei **34**)

25

Du gehst lieber den Weg lang. Ein sandiger weg und du blickst aufs Wasser. Wie lange bist du wohl schon unterwegs. Ob man dich bereits sucht? Uff! Du hast dir nicht vorgestellt, dass der Weg soweit ist und kommst ziemlich erschöpft an der Tür an. Die Tür selber ist ein Rätzel. Denn auf ihr steht Fünf. Es gibt zwei Klinken auf der einen klinke steht „Felsen" und auf der anderen steht „Feder". Irgendwer hat ihn die Tür das Wort „Buchstaben" geritzt. Du überlegst kurz und findest eine Antwort.

Öffne die Tür mit Felsen (weiter mit **39**)

Öffne die Tür mit Feder (Weiter mit **37**)

26

Du springst in die Kühlkammer. Oh mein Gott es ist so kalt! An einem Haken hängt ein halbes Schwein und du schaust dich um. Eine Tür führt hinten raus und zur Not gibt es die Tür, durch die du hereingekommen bist. Was hoffst du? Ob er weg gegangen ist? oder willst du lieber nach vorne gehen?

Nach vorne durch die Tür? (weiter mit **31**)

Wieder zurück? (weiter mit **36**)

27

Du gehst durch die Tür an der Wand. Befindest dich in einem kleinen Gang. so langsam stellt sich dir die Frage ob du wirklich in einer Höhle bist. Ohne Probleme kommst du am anderen Ende vom Gang an und gehst durch die kleine Tür.

(weiter bei **37**)

28

Du Setzt dich ins Ruderboot und beginnst zu
Rudern. Der See Liegt ruhig da und das Rudern
strengt dich sehr an. Stark erschöpft machst du
mitten auf dem See Pause. Das Boot wird von
einer leichten Strömung gepackt und
zurückgetrieben. Du bemerkst es sehr schnell,
was dich schneller rudern lässt. Mit viel mühe
erreichst du das Andere Ufer und steigst aus
dem Boot. Als du dich das nächste mal
umschaust, ist das Boot auch schon wieder auf
den See hinaus getrieben. Aber du lässt dich
nicht beirren und setzt deinen weg durch die Tür
fort.

(weiter bei **32**)

29

Du fasst durch das Loch in der Tür, und
versuchst innen einen Türgriff zu fassen. Doch
da ist keiner. Aber ein Klacken sagt dir das etwas
nicht stimmt schnell versuchst du deinen arm
aus dem loch zuziehen doch er hängt fest. Etwas
wie eine Nadel sticht in deinen arm und du
merkst das du langsam Müde wirst und deine
Augen zufallen. Egal was dich grade gestochen
hat, es war das letzte Gefühl, was du gespürt
hast.

(Weiter bei **58**)

30

Vorsichtig öffnest du die Tür zur Metzgerei, und gehst hinein. Ein großer Mann mit einem riesigen Fleischermesser in der Hand schaut dich an. Es sieht aus als wenn er ein riesiges Rind damit zerteilen könnte. Seine schürze ist über und über mit Blut befleckt.

„Endschuldigen sie bitte, wo finde ich den Ausgang?"

„Ausgang? Wenn Frischfleisch schon mal so bereitwillig zu uns kommt lasse ich es doch nicht mehr gehen!"

Direkt nach diesen worten Stürmt er auf dich zu, das Messer hoch über seinen Kopf erhoben. In letzter Sekunde kannst du dich ducken und los sprinten zur Tür dahinter. Du reist sie auf und springst hindurch. Die Tür fällt fast augenblicklich wieder ins Schloss und du schiebst den Riegel davor.

(Weiter bei **46**)

31

Du gehst durch die Tür und findest dich in einem Gang wieder, der 2 weitere Türen hat. Eine liegt dir gegenüber und die andere am Ende vom Gang. Du gehst an die Tür gegenüber aber sie ist verschlossen. Eilig hast du noch eine Chance und rennst los zur anderen Tür und gehst hindurch.

(Weiter bei **43**)

32

Der Raum hinter dieser Tür, ist wie ein riesiger Ballsaal. Viele Tische in vollem Gedeck stehen dort verteilt. Wo bin ich Bloß hier gelandet? Langsam gehe ich durch den Saal, niemand ist zu sehen und jeweils zur linken und zur rechten Seite des Ballsaals sind jeweils eine Doppeltür angebracht. Sie sind wiedermal fensterlos. Du schreitest auf eine zu und gehst hindurch welche wählst du?

Die rechte (weiter bei **44**)

Die Linke (weiter bei **42**)

33

Du gehst durch die unbeschriftete Tür und schaust augenblicklich in einen Kurzen Gang mit zwei weiteren Türen. Du gehst zielstrebig auf die erste zu doch sie ist verschlossen. Dann auf die letzte Tür. Mit einem Klacken öffnet sie sich und du gehst hindurch.

(weiter bei **40**)

34

Du gehst durch dir rechte Tür und kommst in einen Raum. Ein kahler Raum mit Bildern an der wand und einen Torbogen an der anderen Seite. Du schaust dir die Bilder an. Das eine zeigt einen König in voller Rüstung. Unter dem Bild ist ein Schild angebracht auf dem steht König Hagen von Idra. Du überlegst kurz aber von ihm hast du noch nie gehört und das andere Bild zeigt eine Landkarte. Auf der ebenfalls Idra steht. Auch das Land hast du noch nie gesehen. Weiter gehst du durch den Torbogen.

(weiter bei **45**)

35

Die linke Tür öffnet sich und dir bleibt nichts anderes über als durch diese hindurchzugehen. kaum hindurch knallt die Tür wieder zu und du tastest dich an der wand entlang, bis du etwas zischen hörst. Eine Schlange. Als dich der erste Biss erreicht, ist es auch schon zu spät. Das Gift wirkt schnell und du Sackst zusammen.

(weiter bei **58**)

36

Du gehst wieder zurück und läufst halb erfroren dem Koch in die Arme. Der dich auch gleich anschaut und dich Fragt wie du da hineingekommen bist. Noch bevor du etwas erwiedern kannst, pack er dich am kragen und schleift dich aus der Küche durch den nächsten Gang und wirft dich durch eine Tür.

(weiter bei 40)

37

Du kommst durch einen gang und landest in einem Saal. Zwei Männer sitzen Betrunken im Delirium da. Du versuchst sie anzusprechen aber du bekommst keine Reaktion. Woraufhin du durch die nächste Tür durchgehst.

(weiter bei **41**)

38

Du Gehst auf das Schwert zu und zögerst kurz.
Dann ergreifst du das schwer und ziehst es an
dich heran. Wie von einem Magneten gezogen,
fliegt das Schwert wieder auf seinen platz zurück
und der Boden unter dir verschwindet worauf
hin du in die Tiefe stürzt.

(weiter bei **58**)

39

Du drückst die Klinke, auf der Felsen steht, und merkst augenblicklich das es eine Dumme Idee war! Da ein Felsen herab stürzt und dich zerschmettert.

(Weiter bei **58**)

40

Du kommst ins straucheln und stürzt zu Boden, der Gang in den du aber nun gelangt bist, ist dunkel. Du läufst trotzdem weiter da du schemenhaft eine Tür erkennen kannst kaum stehst du davor siehst du ein Schild auf dem, Waffenkammer steht. Wiedermal bleibt dir nichts anderes übrig als herein zu gehen.

(Weiter bei **47**)

41

Leise schleichst du in einen Raum und siehst dort einen Mann stehen. Der dich nun ebenfalls anschaut.

„Du kommst nur unversehrt rein, wenn du diese Frage richtig beantworten kannst! Was spricht ohne Mund, hört ohne Ohren und antwortet in allen Sprachen der Welt?"

Jetzt musst du überlegen!

Das Ohr? (weiter bei **63**)

Das Echo? (weiter bei **50**)

42

Nach dem du durch die Doppeltür getreten bist kommst du in einen kleinen Raum. Mit zwei weiteren Türen. Der Weg bis hierher war steinig und schwer, aber wieder ganz ohne hinweise, wie es weiter gehen soll, ist es schwer hier den Ausgang zu finden. Doch plötzlich hörst du schritte hinter dir und hast vor dir wieder 2 Türen eine linke und eine rechte. Welche wählst du in der Hektik?

Links? (weiter bei **48**)

Rechts? (weiter bei **51**)

43

Keuchend kommst du im nächsten Gang an. Er endet in einen kleinen Raum. Ein kahler Raum mit Bildern an der Wand und einen Torbogen an der anderen Seite. Du schaust dir die Bilder an. Das eine zeigt einen König in voller Rüstung. Unter dem Bild ist ein Schild angebracht auf dem steht König Hagen von Idra. Du überlegst kurz aber von ihm hast du noch nie gehört und das andere Bild zeigt eine Landkarte. Auf der ebenfalls Idra steht. Auch das Land hast du noch nie gesehen. Weiter gehst du durch den Torbogen.

(weiter bei **47**)

44

Du gehst durch die Tür und kommst in einen
Raum Ohne Fenster und Türen. In der Mitte
steht eine Statur der Sphinx, als du dich zur Tür
umdrehst, um den raum wieder zu verlassen, ist
keine Tür mehr da. Aber die stimme der Sphinx
Spricht dich an.

Antworte Gut und du wirst Leben. Antworte
Falsch und du ich werde dich Fressen.

Was ist das Böse? Was ist der Tod? Was ist der
Frieden? Und was ist der Weg?

Deine Antwort entscheidet über Leben und Tod!

Antworte „Gut" (weiter bei **49**)

Antworte „Worte" (weiter bei **55**)

45

Der Weg durch den Torbogen, lässt dich wieder nur einen weg entlanglaufen. Direkt auf eine weitere Tür zu. Die durch auch gleich durchschreitest.

(weiter bei **50**)

46

Du schaust noch auf die nun verschlossene Tür und nimmst ein Husten hinter dir war. Drei weitere Metzger schauen dich an. Jeder weitere Blick um dich herum zeigt keinen Ausweg. Da du nun als Schnitzel endest, hoffe das du gut schmeckst.

(weiter bei **58**)

47

Du trittst in den Raum und schaust in die Augen
eines Kriegers der dich auch so gleich angreift.
Du reagierst blitzschnell und greifst am Boden in
den Staub. Und wirfst es dem Krieger zu der nun
leicht nach linksgeneigt um sich schlägt. Und
brüllt. Er schwingt sein Schwert gekonnt immer
wieder nur knapp an dir vorbei. Dann wirft er es
dir entgegen.

Weichst du nach rechts oder nach links aus?

Nach links (weiter bei **62**)

Nach rechts (weiter bei **53**)

48

Du öffnest die Linke Tür und stürmst hindurch.
Du hast nicht bemerkt das du dich in einem Berg
nach oben hochgekämpft hast. Und stürzt den
Berghang hinab ins Tal.

(Weiter bei **58**)

49

Du Sagst zur Sphinx „Gut" und schaust ihr direkt ins Gesicht. Sie verzeiht ihr steinernes Gesicht zu einem Lächeln. Und ohne ein weites Wort öffnet sich hinter ihr die Wand und du merkst einen leichten Luftzug. Du nickst der Sphinx zu und gehst durch die Wand.

(weiter bei **60**)

50

Du trittst in den Raum und schaust in die Augen eines Kriegers der dich auch so gleich angreift. Du reagierst blitzschnell und greifst am Boden in den Staub. Und wirfst es dem Krieger zu der nun leicht nach rechtsgeneigt um sich schlägt. Und brüllt. Er schwingt sein Schwert gekonnt immer wieder nur knapp an dir vorbei. Dann wirft er es dir entgegen.

Weichst du nach rechts oder nach links aus?

Nach links (weiter bei **53**)

Nach rechts (weiter bei **62**)

51

Panisch springst du durch die rechte Tür und kommst hinter ihr schlitternd zum Stehen. Jetzt auf den Herrn dieses, Was auch immers zu treffen, kann gefährlich sein. Aber hier in diesem schmalen Gang kannst du etwas durchatmen. Bis du in den nächsten Raum weiter gehst.

(weiter bei **54**)

52

Du Antwortest schnell, Schnecke und schaust
ihn an. Er selber hat lächelt und nickt dich an.
Als du etwa 3 Schritte von ihm entfernt bist.
Zieht er Sein Schwert und für dich wird es
dunkel. So knapp vorm ziel und doch nicht
erreicht.

(weiter bei **58**)

53

Du weichst dem Angriff gekonnt aus und kommst in seinem Rücken, zu Deiner Chance. Du gibst dem Krieger einen Tritt in den Rücken, wodurch er stürzt und du fliehst durch die Tür und verriegelst sie.

(weiter bei **56**)

54

Der weg bildet jetzt eine Kurve nach Lings und dann wieder nach rechts und endet an einem hellen Licht. Auf das du nun zuläufst.

(weiter bei **56**)

55

Du antwortest der Sphinx „Worte und schaust in ihr Gesicht." Sie lässt Ihr Zähne aufblitzen und hinter ihr öffnet sich die Wand, was allerdings dein letzter Anblick ist. da sie Blitzschnell zubeißt und du in ihrem Bauch endest.

(weiter mit **58**)

56

Du kommst in eine Höhle und kannst aus der Höhle sehen das Draußen die Freiheit ist. doch ein Hindernis steht dir da noch im weg. Ein Krieger steht vor dem Ausgang. „Du möchtest gehen? Ich möchte dir ein letztes Rätzel stellen! wenn du es beantworten kannst darfst du gehen wenn nicht werde ich dich töten! Bereit?"

Wer riecht, obwohl er keine Nase hat?

Du überlegst einen Moment und antwortest dann:

Käse und Füße (weiter bei **59**)

Schnecke (weiter bei **52**)

57

Du springst schnell in den Ofen und hörst wie
der Mann hereinkommt. Es Klackt und du
merkst das es direkt wärmer wird. Er hat den
Herd eingeschaltet. Du drückst gegen die Tür,
um ihn zu verlassen, aber er scheint irgendwie
verriegelt. So endet man eben als Brathähnchen.

(weiter bei **58**)

58

Zeitung:

Das Kind was bei einem Schulausflug im Neandertal verschwand, ist auch nach 2 Wochen nicht gefunden wurden. Die Polizei teilte mit das die Suche eingestellt wird.

So findet dein Weg aber doch nicht sein ende oder?

Versuch es Noch einmal und starte erneut bei **Beginn.**

Viel Glück

59

Deine Antwort scheint dem Krieger zu gefallen und du gehst auf ihn zu. Als er dir eine Hand auf die Schulter legt und sagt mach es gut mein Freund. Du verlässt die Höhle und findest dich im Wald nicht weit vom Parkplatz entfernt.

Du rennst jetzt zum Bus und läufst deiner Lehrerin in die Arme die wohl schon panisch nach dir sucht. Du erzählst ihr deine Geschichte und sie schaut dich nun wütend an!

„Du kommst viel zu spät, Erzählst mir eine kuriose Geschichte und hast nicht mal ein etwas gefunden was du suchen solltest gefunden.

Du hast die Geschichte zwar zu einem Abschluss gebracht aber schaffst du es auch das deine Lehrerin stolz ist? versuche es nochmal. **Viel glück!**

60

Du erreichst eine Höhle und siehst die Freiheit. Am Ausgang der Höhle findest du einen Alten Speer du nimmst ihn und verlässt die Höhle und findest dich im Wald nicht weit vom Parkplatz entfernt.

Du rennst jetzt zum Bus und läufst deiner Lehrerin in die Arme die wohl schon panisch nach dir sucht. Du erzählst ihr deine Geschichte und sie schaut dich nun wütend an!

„Du kommst viel zu spät, Erzählst mir eine kuriose Geschichte."

Dann fällt ihr blick auf den Speer und sie ist begeistert. Eine bessere Note hast du nie zuvor bekommen. Herzlichen Glückwunsch.

Du kannst es gerne erneut versuchen und andere Wege finden. **Viel glück**

61

Die wunde ist Tiefer als du dachtest und du verlierst viel Blut noch bevor du die nächste Tür erreichst wirst du bewusstlos.

(weiter bei **58**)

62

Du versuchst auszuweichen wirst aber verletzt.
Ein tiefer schnitt zieht sich über deinen Arm. Als
du vorbeirennst und durch die Tür in den
nächsten raum springst.

(weiter bei **61**)

63

Du Antwortest Ohr und kaum hast du diese Worte ausgesprochen ist dein leben auch schon vorbei. Du blickst an dir herab und siehst dein Herz von einem Schwert durchbohrt.

(weiter bei **58**)

Autor

Hey ich bin Andre 34 Jahre alt und komme aus Mönchengladbach.

Ich wollte mir selber beweisen das man mit kleinen Zielen eine ganze Welt erschaffen kann und du kannst das auch! also hab den Mut deine eigene Welt zu schaffen!

Impressum

Bibliografische Information der Deutschen Nationalbibliothek:
Die Deutsche Nationalbibliothek verzeichnet diese
Publikation in der Deutschen Nationalbibliografie; detaillierte
bibliografische Daten sind im Internet über dnb.dnb.de
abrufbar.

"Bild: Freepik.com". Dieses Cover wurde mit Ressourcen von
Freepik.com erstellt.

© 2022 Andre John-Goergens

ISBN 9783755710202

Herstellung und Verlag: BoD – Books on Demand, Norderstedt